Para Grace Hudson ~ TM
Para Alec y Calan ~ AB

© 2018, Editorial Corimbo por la edición en español
Avda. Pla del Vent 56, 08970 Sant Joan Despí (Barcelona)

corimbo@corimbo.es
www.corimbo.es

Traducción al español de Maria Lucchetti
1ª edición octubre 2018

Copyright del texto © Tony Mitton 2018
Copyright de las ilustraciones © Alison Brown 2018
Esta traducción de "*Snow penguin*" está publicada por Editorial Corimbo
por acuerdo con Bloomsbury Publishing Plc.

Impreso en China

Depósito legal: B 11322-2018
ISBN: 978-84-8470-583-3

El pequeño pingüino

Tony Mitton   Alison Brown

Corimbo

El pequeño pingüino no sabe parar,
siempre busca aventuras en algún lugar.

En un mundo de agua, de hielo y de nieve,
no puede evitar que la curiosidad lo lleve.

Ya conoce lo que hay cerca de casa,
así que se va más allá a ver qué pasa.

Camina hasta donde termina el hielo,
donde el mar es tan azul como el cielo.

Observa el océano sin siquiera girarse,
no ve que el hielo empieza a quebrarse.

Se parte del todo y empieza a navegar,
un viaje a la deriva en medio del mar.

Le fascina la cola de una ballena
que sin duda está buscando su cena.
A su lado nada un ballenato
que le hace reír un buen rato.

Una manada de orcas surge entonces del mar
y queda maravillado oyéndolas gritar.
Las más jóvenes nadan ágiles y veloces
mientras se llaman con el eco de extrañas voces.

Despiertan a un elefante marino de su siesta
y levanta la trompa apuntándose a la fiesta.

Y aquí llama a su cachorro un león de mar
para hacerle cosquillas y poderlo abrazar.

El pequeño pingüino siente entonces añoranza
y ve que está solo hasta donde la vista alcanza.

El hielo sigue a la deriva y se empieza a asustar.
Querría poder regresar y a su madre abrazar.

Echa de menos a su familia y amigos,
sus juegos, sus cantos y también sus sonidos.

¿Cómo podrá volverlos a encontrar?
El cielo está oscuro, y también el mar.

De repente parece que el témpano ha chocado.
¿Sería posible que hubiese regresado?

Parece que sí, que es verdad,
salta a tierra con agilidad.

Entre formas oscuras y un murmullo callado,
bajo la luna antártica descubre aliviado. . .

...la sombra de su madre
que lo abraza muy fuerte,
lo besa y lo mima,
¡hay que ver qué suerte!

Los demás se les unen mientras él habla alegre,
escuchan atentos y contentos de verle.

Les habla de las aventuras que ha vivido,
de todo lo que ha visto y ha conocido.

Después se arrebujan y ya no dicen ni pío,
se disponen a dormir protegidos del frío.